# 세뱃돈 되찾기 프로젝트

책이랑 놀래 10

# 세뱃돈 되찾기 프로젝트

초판 1쇄 인쇄 2024년 11월 15일 | 초판 1쇄 발행 2024년 11월 25일
**지은이** 송선혜 | **그린이** 박현주 | **펴낸이** 박미경
**펴낸곳** 마루비 | **출판등록** 제2016-000014호 | **주소** 서울특별시 마포구 마포대로 33 오동 2310호
**전화** 02-749-0194 | **팩스** 02-6971-9759 | **전자우편** marubebooks@naver.com



ISBN 979-11-91917-57-4 74810
ISBN 979-11-973408-8-8(세트)



이 도서의 국립중앙도서관 출판예정도서목록(CIP)은 서지정보유통지원시스템 홈페이지에서 이용하실 수 있습니다.

**송선혜** 지음 **박현주** 그림

**마루비**

할아버지
할머니
이모
삼촌
5000000

# 차례

"에잇, 가기 싫어."

지민이는 겨울방학 개학 날이 싫어요. 날이 추워 손톱 끝이 새파래지거든요. 지민이는 목을 잔뜩 움츠리고 길을 나섰어요. 학교 근처에 다다랐을 즈음, 유나가 보였어요.

"흥!"

지민이는 입을 삐죽거렸어요.

"칫!"

유나도 그 모습을 봤는지 새 실내화 가방을 보란 듯이 휘휘 돌렸어요. 지민이는 눈에 힘을 잔뜩 주고 유나를 째려봤지요.

2학년 1반 교실 팻말이 보였어요. 모두 일주일만 있으면 3학년이 될 거예요. 그래서인지 교실은 스티로폼 부스러기가 날아다니듯 어수선했어요. 선생님은 바빠서 모니터에 고개를 푹 담그다시피 하고 있고요.

수업이 시작되었어요. 역시 설날 이야기로 시작했어요.

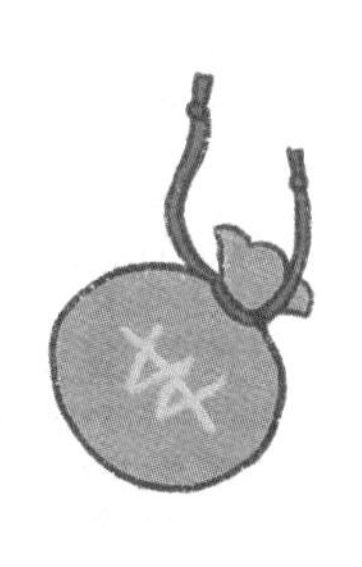

"제 지갑이 볼록해졌어요. 세뱃돈을 엄마한테 안 빼앗기려고 베란다에 숨겨 뒀어요."

누군가가 발표하자 너나 할 거 없이 세뱃돈을 자랑하기 시작했어요. 하지만 지민이는 할 말이 없었어요.

세뱃돈을 제법 받긴 했지만 엄마한테 다 줬거든요. 엄마가 모아서 준다고 했으니까 아마 괜찮을 거예요.

중간 놀이 시간이 되었어요.

"여러분, 추워도 열심히 놀아야 건강하게 자란답니다."

선생님이 어깨를 웅크리며 말했어요. 아이들은 바로 복도로 뛰어나갔죠.

지민이가 다니는 학교 복도에는 놀이 공간이 있어요. 이미 아이들이 옹기종기 모여 있었어요. 지민이가 틈을 파고들었어요.

"너희들 뭐 해?"

투명하고 말랑한 슬라임이 보였어요. 슬라임 주인이 그걸 들고는 허리에 손을 척 올렸어요.

"세뱃돈으로 산 비싼 거야. 내 말 잘 들어야 줄 거야."

“치사하네.”

지민이는 주머니에 손을 넣고 벌떡 일어났어요.

남자아이들은 구석에서 팽이를 돌렸어요. 지민이가 지나가면서 보니 새로 나온 변신 시리즈였어요. 또 다른 무리에서는 접었다 펼 수 있는 핸드폰 이야기를 했지요. 그것도 세뱃돈으로 샀대요.

지민이가 낄 수 있는 곳은 없었어요. 다시 교실로 향했어요.

유나가 자기 앞에 모인 친구들에게 스티커를 줬어요. 다이어리 꾸미기 세트였어요. 유나는 자주 새 물건을 가져오곤 했어요.

지민이는 자리에 앉는 척했지만 귀가 쭉 늘어났어요. 유나가 하는 말이 쏙 들어왔지요.

“봐봐, 이거 세뱃돈 받은 걸로 산 거야.”

아이들이 우와, 하며 두 손을 벌렸어요. 유나는 눈을 내리깔고 스티커를 잘라서 나눠 줬어요. 저도 모르게 지민이가 너무 빤히 봤나 봐요. 유나와 눈이 딱 마주쳤어요.

"흥!"

둘은 동시에 코뿔소처럼 콧바람을 불었어요.

지민이와 유나는 베프였어요. 둘은 엉덩이에 점이 있다는 비밀도 알고 있는 사이예요. 지민이는 오른쪽, 유나는 왼쪽에요.

하지만 방학 전에 싸우고 말았어요.

지민이는 유나의 딱 한 가지가 마음에 안 들었어요. 바로 새 물건을 살 때마다 잘난 척을 너무 많이 하는 거였죠.

"이 장식 달린 볼펜은 아무나 못 사. 기념품 가게에 딱 하나 남은 걸 내가 샀어."

글자를 쓸 때 볼펜 끝 구슬이 반짝거리는 볼펜은 예쁘긴 했어요.

"신인 아이돌이 쓴 머리띠래. 정말 예쁘지? 지민이 너도 같이 하면 좋을텐데."

왕관 모양 큐빅이 박힌 머리띠도 화려하긴 했어요. 그만큼 비쌌죠.

유나의 말은 지민이를 놀리는 것처럼 들렸어요.

가끔 지민이는 화가 났어요. 지민이네 부모님은 정해진 용돈만 주시거든요. 꼭 필요한 물건만 사라고 강조하면서 말이에요.

"쓸데없는 장식, 장난감, 유행하는 캐릭터 전부 안 된다!"

엄마, 아빠는 귀에 딱지가 앉도록 말했어요. 지민이는 리본 달린 양말 대신 하얀색 양말, 캐릭터가 그려진 티셔츠 대신 그냥 글자 하나만 딱 적힌 옷을 사야 했어요.

그러다 지민이는 저도 모르게 속마음을 말했어요.

"너는 자랑할 게 그것밖에 없어?"

유나가 눈썹을 찌푸렸어요. 얼굴까지 벌개졌죠.

“뭐? 너는 헌 물건만 가지고 다니잖아!”

둘은 그때부터 말을 안 했어요.

지민이는 이 모든 게 새 물건을 안 사 주는 엄마, 아빠 때문인 것 같았죠.

유나는 금방 다른 아이들이랑 잘 놀았어요.

지민이 생각은 콩알만큼도 안 하는 것처럼 보였어요.

선물을 받고 싶은 아이들은 구름처럼 유나를 둘러쌌어요. 지민이는 길 잃은 강아지처럼 복도를 헤매고 다녔죠.

그때 머릿속에 ‘세뱃돈’이라는 단어가 반짝 켜졌어요. 곰곰이 생각해 보니 다들 물건을 세뱃돈으로 샀다고 했어요.

특히 유나는 세뱃돈을 마음대로 다 쓴다고 했어요.

그거였어요. 세뱃돈 덕분에 아이들은 학교가 즐거웠던 거예요. 누구에게도 간섭 받지 않고 쓸 수 있는 큰 돈!

지민이는 세뱃돈을 돌려받기로 결심했어요. 세뱃돈 되찾기 프로젝트가 시작된 거죠.

남은 수업 시간은 즐겁기만 했어요. 살 물건들을 적기 바빴거든요. 레이스 치마, 미니 수첩, 손바닥 크기 사탕…….

# 사라진 세뱃돈

“엄마! 내 세뱃돈 다시 주세요!”

지민이는 집에 오자마자 외쳤어요. 엄마는 커피를 마시다 켁 쏟을 뻔했죠.

“갑자기 그게 무슨 말이야?”

“명절마다 할아버지, 삼촌 또 누구지…… 아무튼 세뱃돈 받은 거 전부 엄마한테 줬잖아요. 지금 돌려받고 싶어요."

명절이 되면 지민이는 대구 할아버지 집에 갔어요. 그곳에는 항상 손님들이 많았어요. 다음 날에는 부산 할머니 집으로 향했어요. 그곳 역시 손님이 가득했어요.

지민이는 바로 손을 탁 내밀었어요.

"어, 없어."

엄마가 당황한 얼굴로 말했죠. 더 당황한 건 지민이였어요. 앨범 속 사진을 보면 지민이는 아주 어릴 때부터 세뱃돈을 받았어요. 기저귀 찬 빵빵한 엉덩이로 털썩 엎드려 있는 지민이에게 세뱃돈을 주는 사진도 있거든요. 그때부터 받았으면 엄청 많아야 하잖아요.

"다시 준다고 했잖아요."

"으응? 일단 아빠랑 상의해 보자."

이상했어요. 세뱃돈은 분명 엄마한테 줬거든요.

"아빠, 엄마가 저한테 세뱃돈 안 돌려줘요."

퇴근하던 아빠는 신발도 못 벗고 현관에 서서 눈만 깜빡였어요.

“그건 엄마랑 상의하렴.”

엄마, 아빠는 서로 미루기만 했어요. 지민이는 그제야 깨달았어요. 돌려주기 싫은 거였어요. 지민이는 무기를 꺼냈어요.

“저녁밥 안 먹을 거예요!”

엄마, 아빠 얼굴이 순식간에 하얗게 되었어요.

지민이는 어릴 때 밥을 잘 못 먹었어요. 배탈도 자주 나고 입맛도 없었어요. 엄마와 아빠는 지민이 밥을 먹이기 위해서 병원, 한의원은 물론 편식 없는 어린이를 위한 요리 교실도 다녔어요. 지금은 잘 먹지만 엄마, 아빠는 늘 지민이가 밥을 안 먹을까 봐 걱정이었어요.

“밥은 먹어야지, 그깟 세뱃돈이 뭐라고.”

엄마가 고기를 구우며 말했어요.

“아빠도 엄마한테 용돈 받아서 쓰기 때문에 없어.”

아빠가 조금 장난스럽게 말했어요. 그러면서 숟가락을 지민이에게 내밀었죠.

지민이는 팔짱을 꼈어요. 멀찍이 거실 소파에 앉았어요. 입을 꾹 다문 채 말이죠.

엄마가 달콤 짭짤한 간장 소스를 끼얹은 고기와 콩나물밥을 거실 탁자에 가져왔어요.

"흥!"

지민이는 보란 듯이 고개를 돌렸어요.

아빠는 케첩 뿌린 구운 햄을 가져왔어요.

"싫어!"

두 시간이 지났어요. 먹자, 싫다, 먹자, 싫다가 반복되다 드디어 엄마가 물었어요.

"세뱃돈이 왜 필요하니?"

지민이는 있었던 일을 다 이야기했어요. 유나와 싸운 것까지도요.

"학교에 가면 놀 친구가 없어요. 다들 장난감을

사서 자랑하거든요. 알고 보니 세뱃돈으로 샀더라고요. 그래서 저도 세뱃돈 찾아서 친구랑 놀 거예요!"

지민이가 주먹을 불끈 쥐었어요.

"우리 지민이가 친구랑 싸워서 힘들구나."

아빠가 한숨을 작게 뱉었어요.

"그러니까 세뱃돈 돌려주세요."

지민이가 엄마를 바라보며 말했어요.

"진짜 없는데."

지민이와 엄마는 서로 한 발자국도 양보하지 않았어요.

시간이 흘러 밖이 캄캄해졌어요. 아무 말 없이 엄마와 지민이 사이에는 찌릿한 눈빛만 오갔어요. 엄마와 아빠 뱃속에서는 꾸르륵 소리가 났어요. 지민이는 그 소리에 한쪽 입꼬리만 살짝 올렸어요. 결국 엄마와 아빠가 항복했어요.

셋은 약속을 정하기로 했어요. 아빠가 불렀어요. 지민이가 받아쓰면서 마음대로 고쳤어요. 그러면 엄마가 엑스 표시하고 다시 적었어요. 그걸 본 지민이가 입을

세뱃돈 500만원에서 시작
(누가) 무엇을
얼마
남은돈

삐죽거리며 다시 고치고……. 겨우 완성했어요.

강지민은 받은 세뱃돈을 정리해서

필요한 만큼 엄마에게 말하고 사용한다.

가족들은 그걸 냉장고에 턱 붙였어요.

"내 세뱃돈 내가 쓸 수 있는 거 맞죠?"

지민이는 그제야 숟가락을 들었어요. 사실 배가 고프긴 했거든요.

"나한테 말하고 쓰라는 거잖아!"

엄마가 젓가락으로 김치를 팍 집었어요.

아빠는 지민와 엄마를 왔다 갔다 바라보며 국을 후루룩 마셨어요.

다음 날 오후, 지민이는 스케치북을 꺼냈어요. 일단 받은 돈을 정리해야 하니까요.

제일 먼저 '대구 할아버지'라고 적었어요.

할아버지는 명절에 만날 때마다 약주를 잡수셨어요.

"착하고 똑똑한 지민이 받아라."

얼굴이 빨개질수록 세뱃돈은 더 두툼해지곤 했어요.

이번 설날에도 마찬가지였어요. 할아버지는 잘 익은 수박 속처럼 얼굴이 벌겠어요. 지민이는 수학 교과서

두께만 한 세뱃돈을 받았지요. 아침을 먹고 또 받았죠. 할아버지가 세뱃돈 준 걸 잊었거든요. 하지만 세어 보지도 않고 엄마한테 줘 버렸어요.

지민이는 핸드폰으로 전화를 걸었어요.

"할아버지!"

"아이고, 우리 지민이구나!"

반가운 할아버지 목소리 뒤로 시끌벅적했어요. 친구분이 웃고 계신 거였어요.

지민이는 세뱃돈 프로젝트를 이야기했어요.

"고 녀석 귀엽다."

할아버지가 친구들에게 이야기했어요. 또 떠들썩하게 웃는 소리가 들렸어요.

"할아버지, 설날에 저한테 세뱃돈 얼마 주셨어요?"

"내가 아마 십만 원 줬던 것 같다."

"우아!"

지민이는 생각보다 더 큰 금액에 신이 났어요. 스케치북 끝장에 적었어요.

"어릴 때부터 계속 십만 원 주셨어요?"

"네가 처음 세배했을 때는 백만 원 줬지!"

옆에 할아버지 친구들이 막 웃었어요. 지민이는 왜 그렇게 웃는지 알 수가 없었지요. 그렇게 할아버지가 불러 주는 돈을 계속 적었어요. 어마어마했지요.

“네가 세뱃돈 되찾기를 한다고 해서 말하는 거다. 삼촌이랑 고모도 준 거 알지?”

“네. 그런데 삼촌이랑 고모 전화번호는 몰라요.”

“내가 얼만지 알고 있다.”

흠, 지민이는 잠깐 갸우뚱했어요. 그러다 할아버지는 삼촌이랑 고모의 아빠니까 알 수도 있겠다 싶었어요. 할아버지가 부르는 대로 쭉 적었어요. 십만 원, 오만 원, 만 원, 다시 십만 원…….

“지민아, 세뱃돈 꼭 찾으렴!”

할아버지가 응원을 끝으로 전화를 끊었어요. 지민이는 아기 새가 나는 연습을 하듯 들썩거리며 뛰었어요.

이제 부산 할머니에게 전화를 걸었어요.

“할머니!”

“우리 강아지!”

할머니는 목소리가 아주 컸어요. 금방이라도 전화 너머로 쑥 나와 엉덩이를 토닥일 것 같았어요. 지민이는 얼른 세뱃돈 되찾기에 대해 이야기했어요.

"음, 얼마더라……."

할머니 목소리가 갑자기 작아졌어요.

"할머니, 혹시 백만 원 넘어요?"

지민이는 대충 엄청 큰 숫자를 물어봤어요.

"어? 음……. 다 합치면 그 정도? 될 수도 있겠구나."

할머니 목소리가 들릴 듯 말 듯 희미했어요. 적을까 말까 조금 고민했어요.

"맞을 거다. 그러니까 생각나네. 엄마 친구들도 세뱃돈 줬잖아. 기억하니?"

지민이 입이 초승달처럼 휘 벌어졌어요. 세 살이 되던 설날, 엄마 친구들 모임에서 엎드려 있는 지민이 사진을 봤거든요. 가끔 엄마 친구를 만날 때면 "그때 조그맣던 아이가 이렇게 컸어?" 라며 놀라곤 했어요.

"할머니, 또 있어요?"

₩
5000000

"이모랑 삼촌들도 있지."

"맞아요, 고맙습니다!"

할머니는 얼마인지는 기억 못 하는 것 같았어요.

지민이는 눈을 감았어요. 이모에게 세배할 때를 떠올렸어요.

"종이돈이…… 무슨 색이었더라?"

중얼거리며 기억해 내려고 했어요.

"만 원짜리 다섯 장!"

처음에는 잘 떠오르지 않았어요. 하지만 나중에는 영화를 본 것처럼 선명하게 떠올랐어요. 그렇게 표를 완성했어요.

"오백만 원이다!"

지민이는 두 손을 번쩍 들었어요. 달리기에서 일 등을 했을 때보다 더 기뻤어요.

# 세뱃돈을 둘러싼 주장

"뭐? 오백?"

엄마가 얼굴을 찌푸렸어요. 그러더니 스케치북을 펼쳐 손가락으로 하나하나 짚었어요.

"이거 맞아? 이만큼이나 받았어?"

지민이는 당당했어요. 할아버지랑 통화를 했잖아요. 그리고 기억도 거의…… 떠올렸잖아요. 아주 조금 찝찝하긴 하지만요.

"대구 할아버지, 부산 할머니한테 다 확인했어요!"

엄마가 한숨을 푹 쉬었어요.

“할아버지가 너 놀리는 거잖아.”

“아니에요. 진짜예요. 엄마한테 꼭 받으라고 했어요.”

엄마가 눈을 가느스름하게 떴어요.

“아무튼 저, 슬라임 세트 살 거예요. 이만 원 주세요!”

지민이는 문방구에서 핸드폰으로 찍어 온 슬라임 세트 가격표를 보여 줬어요. 엄마 눈 아래가 파르르 떨렸어요.

“흠…….”

엄마는 잠깐 말이 없었어요.

지민이도 살짝 겁이 났어요. 하지만 냉장고로 다가

가 '강지민의 세뱃돈 되찾기' 종이를 가리켰죠.

"알았어."

엄마가 지갑에서 돈을 꺼냈어요. 지민이 눈이 휘둥그레졌어요. 생각보다 쉽게 돈을 되찾았거든요.

지민이는 냉장고에 메모를 덧붙였어요.

| 세뱃돈 500만 원에서 시작 | |
|---|---|
| 쓴 돈 | 남은 돈 |
| 슬라임 2만 원 | 498만 원 |

아빠가 퇴근했어요. 냉장고에 붙은 메모를 보더니 흠칫 놀랐어요.

"지민아, 진짜 받았어?"

지민이가 씽긋 웃었어요. 다음 날 살 슬라임 세트를 생각하자 저절로 웃음이 났어요.

오리고기 냄새가 집 안 가득했어요.

"다들 저녁밥 먹어요."

지민이가 가장 좋아하는 쫄깃한 오리고기였어요. 지민이는 춤추듯 나갔죠. 얼른 젓가락으로 한 점, 두 점, 세 점을 먹었어요. 그러다 냉장고를 딱 봤어요. 이

## 세뱃돈 500만 원에서 시작

| (누가) 무엇을 | 얼마 | 남은돈 |
| --- | --- | --- |
| (지민) 슬라임 | 2만 원 | 498만 원 |
| (엄마) 저녁밥, 오리고기 | 3만 원 | 495만 원 |

상한 메모가 달려 있었어요.

| 세뱃돈 500만 원에서 시작 | | |
|---|---|---|
| 누가 무엇을 | 얼마 | 남은 돈 |
| (지민) 슬라임 | 2만 원 | 498만 원 |
| (엄마) 저녁밥, 오리고기 | 3만 원 | 495만 원 |

지민이는 종이를 싹 뜯었어요. 자세히 보니 지민이가 쓴 글 아래로 엄마가 더 적은 게 보였어요.

"엄마, 이게 뭐예요?"

"저녁값이야. 오리고기가 참 비싸더라."

"왜 내 세뱃돈에서 빼요?"

"너도 이제 돈이 생겼잖아. 아빠는 돈을 벌고 엄마는 집안일을 하잖아. 그러면 너도 돈을 내야겠지?"

엄마가 눈썹을 으쓱했어요.

"으!"

-30000

지민이가 엄마를 쏘아봤어요. 머리를 굴려 봤지만 틀린 말이 아니었어요. 지민이는 얼른 고기 한 점을 더 집어 먹었어요.

'많이 먹어야지.'

돈을 내고 먹는다 생각하니까 어쩐지 아까웠어요. 하나라도 남기면 안 될 것 같았어요. 지민이는 터질 것 같은 볼로 고기를 씹었어요. 삼만 원어치보다 더 먹은 거 같아 비로소 배가 불렀어요.

지민이는 아침을 먹었어요. 냉장고에 붙은 메모를 째려보면서 말이에요.

| 세뱃돈 500만 원에서 시작 | | |
|---|---|---|
| 누가 무엇을 | 얼마 | 남은 돈 |
| (지민) 슬라임 | 2만 원 | 498만 원 |
| (엄마) 저녁밥, 오리고기 | 3만 원 | 495만 원 |
| (엄마) 아침밥 | 1만 원 | 494만 원 |

“엄마, 아침밥이 너무 비싸요.”

“어머 어머, 너 달걀이 얼마나 비싼지 알아? 배춧값도 올랐어. 이 겉절이가 얼만지 아니?”

엄마는 이제 완전히 작정했어요. 지민이는 젓가락을 움켜쥐고 남은 두부를 쿡쿡 집어 다 먹었어요. 세뱃돈을 받은 건 지민인데 엄마가 더 많이 쓴다는 생각이 들었지요.

김치 한 조각도 남김없이 다 먹었어요. 너무 배가 부르고 속도

저녁밥
아침밥
슬라임

안 좋았어요. 똥이 마렵다가도 안 나왔어요. 지민이는 불룩 나온 배를 붙잡고 학교에 갔어요.

문구점에 들렀어요. 아홉 가지 색 슬라임 세트를 집었어요. 그런데 옆에 더 큰 세트가 있었어요. 조금 더 비싸서 삼만 원이었어요. 그건 바나나, 레몬, 딸기 모양의 장식품도 있었고 기본색도 열다섯 개였어요.

지민이는 돈을 더 받아 올 걸 하고 후회했어요.

'내 돈인데 마음대로 펑펑 못 쓰네.'

어쩔 수 없이 이만 원짜리를 들고 학교로 향했어요.

드디어 중간 놀이 시간이 되었어요.

지민이는 복도에서 슬라임 세트를 꺼냈어요. 아이들이 다가왔어요. 멀리 유나가 보였어요.

"내가 말하는 대로 꾸미기 하는 사람한테만 줄 거야."

지민이는 일부러 더 큰 소리로 말했어요.

"하얀 슬라임 위에 팥, 초코, 과일 시럽을 올려 줘."

아이들이 딱 그대로 만들었어요. 지민이는 웃으며 좋아했어요.

"이제 다른 거 만들어도 돼?"

옆에 있던 아이가 물었어요.

"안 돼. 내가 만들라고 하는 것만 만들 수 있어."

지민이는 주인이니까 마음대로 하고 싶었어요. 그러자 두 명의 아이가 일어나서 가 버렸어요.

"지민아, 이거 어때?"

남은 아이들이 딸기 팥빙수를 내놓았어요. 평소에도 만들기를 아주 잘하는 친구였죠.

"꺄! 예쁘다! 더 커다랗게 만들어 줄 수 있어?"

친구가 고개를 끄덕였어요. 지민이는 신이 났어요.

'역시 세뱃돈만 있으면 친구 만드는 건 쉬운 거였어.'

금방 유나보다 더 친한 친구를 사귈 수 있을 것 같아서 뿌듯했어요.

"지민아, 고마워. 내일도 같이 놀자."

환상

아이들의 말에 지민이는 든든했어요. 유나와 은근한 신경전을 벌이는 것도 이제 끝이에요.

집으로 돌아가는 길, 지민이는 문방구에 들렀어요. 내일 살 것들을 정하기 위해서요. 방울 달린 연필, 무서운 이야기가 가득한 손바닥 크기 책……. 아마 평소 엄마라면 쓸데없다며 야단쳤을지도 몰라요. 하지만 이제 아니에요.

집에 도착하자 맛있는 냄새가 솔솔 났어요. 엄마가 준비한 간식 같았어요. 식탁에 있는 핫도그를 집으려는 순간 또 메모가 눈에 확 들어왔어요.

| 세뱃돈 500만 원에서 시작 | | |
|---|---|---|
| 누가 무엇을 | 얼마 | 남은 돈 |
| (지민) 슬라임 | 2만 원 | 498만 원 |
| (엄마) 저녁밥, 오리고기 | 3만 원 | 495만 원 |
| (엄마) 아침밥 | 1만 원 | 494만 원 |

| (엄마) 수제 핫도그 | 1만 원 | 493만 원 |
|---|---|---|
| (엄마) 빨래 | 5천 원 | 492만 5천 원 |
| (엄마) 방 청소 | 5천 원 | 492만 원 |
| (엄마) 숙제 도와주기 | 1만 원 | 491만 원 |

상황이 이상하게 흘러가고 있었어요. 세뱃돈을 엄마가 다 쓰고 있는 거예요.

"엄마, 이건 너무 심하잖아!"

"뭐가 심해? 네 할 일을 엄마가 하고 있으니까 그렇지."

"내 세뱃돈이잖아. 내가 다 쓸 거야!"

| 세뱃돈 500만 원에서 시작 | | |
|---|---|---|
| 누가 무엇을 | 얼마 | 남은 돈 |
| (지민) 슬라임 | 2만 원 | 498만 원 |
| (엄마) 저녁밥, 오리고기 | 3만 원 | 495만 원 |
| (엄마) 아침밥 | 1만 원 | 494만 원 |

| | | |
|---|---|---|
| (엄마) 수제 핫도그 | 1만 원 | 493만 원 |
| (엄마) 빨래 | 5천 원 | 492만 5천 원 |
| (엄마) 방 청소 | 5천 원 | 492만 원 |
| (엄마) 숙제 도와주기 | 1만 원 | 491만 원 |
| (지민) 핸드폰에 붙일 인형 | 3만 원 | 488만 원 |
| (지민) 무서운 이야기책 | 5천 원 | 487만 5천 원 |
| (지민) 방울 달린 연필 | 5천 원 | 487만 원 |

메모가 점점 길어지고 있었어요.

다음날, 지민이는 교실 문을 열며 다들 반겨 줄 거라고 기대했어요. 하지만 평소와 별로 다르지 않았어요. 조금 실망했어요.

자리에 앉아 필통에서 볼펜을 꺼냈어요. 끝에 작은 스노우볼이 달려 있었어요. 종소리도 났죠. 몇몇 아이들이 다가왔어요.

"만져도 돼?"

지민이가 빙긋 웃고는 그러라고 했어요. 아이들이 볼펜을 흔들며 까르르 웃었어요. 지민이는 마치 자기를 보고 환호하는 것 같아 마음이 부풀어 올랐어요.

"나도 좀 만져 보자."

여기저기서 손을 내밀었어요. 정신이 없었어요.

"얘들아, 이 책도 샀어."

지민이는 무서운 이야기책을 꺼냈어요. 손안에 쏙 들어가는 크기였어요. 아이들이 서로 먼저 보고 싶어 해서 지민이가 순서를 정했어요.

"너, 너, 그리고 너. 1교시 마치고 다음 순서 정할게."

"칫, 내가 계속 옆에 서 있었는데……."

누군가 화를 내고 나가 버렸어요. 아이들이 당황하며 서로 쳐다봤어요. 지민이도 마음이 뜨끔했어요. 하지만 아무렇지도 않은 척했지요. 주인이니까 마음대로 해도 되잖아요.

쉬는 시간이 되었어요. 지민이 책상에 손바닥 책이 돌아왔어요. 마지막 페이지는 찢어지고 땀에 젖었는지 너덜너덜해졌어요. 낙서도 되어 있었어요.

"누가 이랬어?"

지민이가 꽥 소리를 질렀어요. 하지만 아무도 미안하다는 말을 하지 않았어요. 두리번거리다 유나랑 눈이 마주쳤어요. 속상했어요. 순간 유나에게 마음을 털어놓고 싶었어요. 무슨 이야기든 받아 줄 것 같은 눈빛이었거든요.

지민이는 엉덩이 점 같은 비밀 이야기를 하고 싶었어요. 하지만 지민이의 비밀을 궁금해하는 친구는 없었어요.

다음 날, 반에 삼만 원짜리 슬라임 세트가 등장했어요. 지민이가 문구점에서 봤던 거였어요. 아이들은 삼만 원짜리 슬라임을 가져온 친구에게 가 버렸어요.

'더 크고 멋진 걸 사야지.'

지민이는 혼자 앉아서 결심했어요.

그날 밤, 아빠가 지민이를 불렀어요.

"오랜만에 피자 먹을까?"

지민이가 키득거렸어요. 엄마는 배달 음식을 싫어했어요. 비싸고 살만 찐다고요. 아빠와 지민이가 시위하듯 외쳐서 겨우 먹곤 했어요.

"아빠가 말해 주세요."

지민이가 아빠에게 속삭였어요. 아빠가 "흠흠." 하더니 엄마에게 말했죠.

2만 원
1만 원
1만 원

"피자 먹고 싶어? 각자 돈 냅시다. 당신은 많이 먹으니까 이만 원, 지민이는 만 원, 나도 만 원. 됐지?"

지민이는 당황했어요. 엄마는 싫다, 좋다는 말 없이 돈만 내라고 했어요. 예전에는 배달 음식을 먹자고 하면 엄마가 싫다고 했어요. 그러면 지민이가 엄마 등에 찰싹 붙어 간지럽혔어요. 아빠도 배가 고프다며 동그란 배를 두들겼지요. 결국 엄마는 웃겨서 시켜 주곤 했어요. 하지만 이제 그런 웃음은 없었어요. 엄마는 돈 이야기만 했어요. 상황이 뭔가 이상하게 흘렀어요.

피자가 도착했어요. 돈에 맞추려고 치즈를 듬뿍 올리고 토핑도 마구 쌓아서 도우가 찢어질 것 같았어요. 예전처럼 설레지 않았어요. 지민이는 돈을 낸 만큼 먹어야겠다고 생각했어요. 원래 한 조각 반 먹으면 딱이었어요. 하지만 이번에는 두 조각을 먹고 더 먹었어요. 속이 느글거렸지요. 엄마는 아무 표정이 없었어요. 종이를 씹는 기분이었죠. 아빠도 눈동자만 이리저

리 굴렸어요. 대화 없이 쩝쩝 소리만 나는 식사 시간이었어요. 피자가 맛없기는 처음이었어요.

다음 날, 지민이가 메모를 적었어요. 냉장고 옆 메모는 이제 땅에 닿을 만큼 길어졌어요.

"사만 원 가져갈게요."

"뭘 사려고?"

엄마가 다가왔어요.

"슬라임도 더 큰 걸 사야 하고, 떡볶이도 사야 하고, 옷도 필요해요. 운동화도 사고 싶은데 그건 다음에 살게요."

엄마 콧구멍이 벌름거렸어요. 화를 꾹 참고 있는 거였지요. 어쨌든 지민이 돈이니까 모르는 척하고 쓸 거예요.

엄마는 지민이에게 돈을 줬어요. 그리고 청소 오만 원, 빨래 십만 원을 메모에 적었어요.

"청소랑 빨래가 왜 그렇게 비싸졌어요?"

지민이가 화를 냈어요.

"너 직접 청소랑 빨래 안 하잖아. 네 방은 왜 점점 지저분해지니? 책상 옆에 쑤셔 넣은 포장지는 대체 뭐니?"

질문 폭탄이 떨어졌어요.

"음, 그건……. 쓰레기통이 방에 없어서, 이제 안 그럴게요."

이럴 땐 도망가는 게 답이죠. 지민이는 얼른 나와 학교 앞 문구점으로 향했어요.

삼만 원짜리 슬라임 세트를 집으려는 찰나, 옆에 삼만 오천 원짜리가 보였어요. 지민이는 망설이다 그냥 삼만 원짜리를 샀어요. 떡볶이도 사야 하니까요.

이제 반 아이들은 경쟁하듯 새 물건을 가져왔어요. 세뱃돈으로 장난감만 사면 고민이 해결될지 알았는데 끝이 없었어요. 더 비싸고 좋은 물건은 항상 있었어요.

수업은 지루하고 쉬는 시간은 더 지루했어요. 학교가 끝나고 떡볶이 이야기를 하려는데 입이 떨어지지 않았어요. 지민이는 혼자 집에 가려고 했어요.

별로 친하지 않은 아이들 몇몇이 다가왔어요.

"너 저번에 떡볶이 사준다고 했잖아."

"내가?"

지민이는 잘 기억나지 않았어요.

'오늘 말하려고 했는데 벌써 말했나?'

잠깐 고민하던 지민이는 고개를 끄덕였어요. 이렇게 친구를 사귀면 되니까요.

다섯이 분식점에 앉았어요. 지민이가 떡볶이, 튀김, 어묵을 시켰어요.

"지민아, 나 김밥 하나 더 시켜도 돼? 배가 너무 고파."

"어? 그, 그래."

아이들은 어느새 삶은 계란과 라면도 시켰어요. 지

민이는 거의 먹지 않고 가만히 보았어요.

'집에 같이 가서 그림 그리자고 해볼까?'

유나랑은 늘 그랬어요. 굳이 분식집에 가지 않고 집에서 남아 있는 과자만 같이 먹어도 즐거웠어요. 엄마

랑 아빠가 싸워서 속상했던 이야기도 하고요.

"집……."

"그래, 우리 이제 집에 가자."

지민이가 말하는 순간 아이들이 우르르 일어나며 가방을 멨어요. 지민이는 다시 혼자가 됐어요.

어쩐지 바로 집에 들어가기 싫었어요. 같은 길을 다섯 번이나 돌았어요.

차가운 바람이 불었어요. 손이 시려웠어요.

"에취!"

마음은 더 추웠어요.

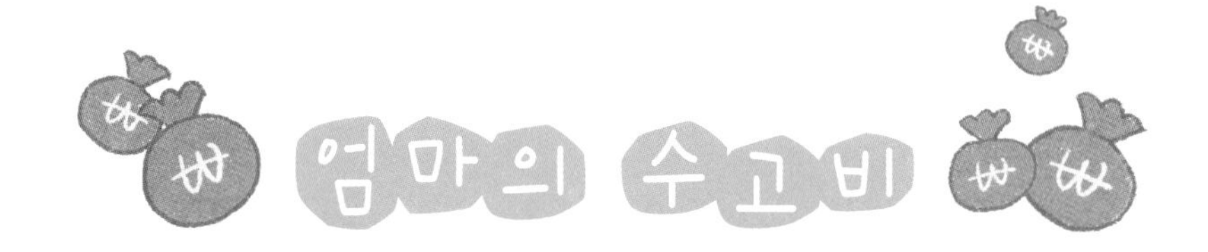

지민이는 한참을 걷다가 왔어요. 집에 들어오니 온몸이 눈사람처럼 녹아내릴 것 같았어요. 지민이는 침대에 철퍼덕 누웠어요.

"옷 갈아입고 자야지."

엄마 목소리가 물속에서 들리는 것처럼 울렁거렸어요.

"으, 응……."

이불이 온몸에 찰싹 붙은 것 같았어요. 추워서 이도

저절로 딱딱거렸지요. 지민이는 깜빡 전등을 끈 것처럼 잠들었어요.

겨우 눈을 떴어요. 몸은 물에 푹 젖은 종이 같았어요. 천장이 이상했어요. 원래 지민이 방에는 야광별 스티커가 붙어 있는데 아무것도 없었거든요. 하얀 타일만 보였어요.

"엄마."

침대 옆에 엎드려 있던 엄마가 일어났어요.

"지민아, 괜찮아?"

"엄마, 여기 어디예요?"

"기억 안 나? 끙끙거리면서 못 일어나길래 보니까 열이 40도가 넘어서 놀랐잖아. 흔들어도 일어나질 못하길래 병원에 왔어. 독감이래."

엄마가 지민이 이마를 짚었어요.

"아직 열이 좀 남았네. 어젯밤에는 진짜 큰일 날 뻔했어."

엄마 손이 따뜻했어요. 밖에 혼자 걸을 때 맞았던 찬바람이 떠올랐어요. 몸을 움츠렸어요.

"엄마, 추워요."

엄마가 얼른 밖에 나가더니 이불을 더 가져왔어요. 두껍게 쌓은 이불 속에 있으니 몸이 금방 말랑해졌어요.

의사 선생님이 회진을 돌았어요. 엄마는 이것저것 물어봤어요. 세뱃돈 되찾기 프로젝트를 시작하기 전 엄마로 돌아온 것 같았어요. 지민이는 미안했어요.

병원에 있는 동안도 바빴어요. 호흡기 치료하고, 밥 먹고, 입맛 없다고 하니 엄마가 간식 사 오고, 약 챙겨 먹고…….

밤이 되자 아빠가 퇴근하고 왔어요.

"강지민, 깨어났구나!"

아빠가 안았어요.

"지민아, 다행이다. 얼마나 걱정했다고."

그 사이 엄마는 집에 가서 짐을 챙겨 왔어요. 지민이가 좋아하는 젤리도 가져왔고요.

삼 일이 지났어요. 엄마는 퇴원 준비로 원무과에 가고 없었어요. 아빠가 짐 정리를 하다가 심각한 표정으로 말했어요.

"지민아, 다 나은 건 좋은데 이거 어떻게 갚을래? 응급차 타고 온 것부터 입원비랑 엄마 수고비까지 어마어마할 텐데."

"무슨 말이야? 내가 돈 내야 해요?"

"당연하지. 그렇게 하기로 한 거 아냐?"

지민이는 눈앞이 캄캄했어요. 세뱃돈이랑 메모를 잊고 있었던 거예요.

"아빠, 얼마 정도 될까요?"

조심스레 물었어요. 세뱃돈이 얼마 남았는지도 떠올려 보려 했어요. 아빠가 가까이 다가왔어요. 아주 근엄한 표정을 지으면서 말이죠.

응급차
입원비
엄마수고비

"엄청 비쌀걸?"

지민이는 수학 시간에 배웠던 큰 숫자를 가만히 생각했어요.

"천보다 커요?"

"아마."

지민이는 두 손으로 입을 막았어요. 더 큰 숫자는 아직 안 배웠거든요.

"아빠한테 빌려도 돼요?"

"뭐?"

아빠는 대답 없이 눈만 깜빡거렸어요. 마침 엄마가 들어왔어요.

"이제 가면 된대. 짐은 다 쌌니?"

아빠가 빠진 물건이 있는지 확인했어요. 지민이는 수고비를 생각하니 가슴이 답답했어요. 쭈뼛거리며 엄마 옆에 다가갔어요.

"엄마, 세뱃돈에서 병원비 뺄 거예요?"

“무슨 말이야?”

엄마가 눈을 휘둥그레 떴어요. 지민이는 갑자기 눈물이 왈칵 쏟아질 것 같았어요. 섭섭한 마음이 들었죠.

“아니, 너는 푸하하. 그걸 믿어?”

갑자기 아빠가 손뼉을 치며 웃었어요. 엄마가 아빠를 슬그머니 째려봤어요.

“대체 무슨 장난을 친 거예요?”

엄마의 살벌한 눈빛에 아빠가 입을 꾹 닫았어요. 지민이는 물 한 잔을 마시고 겨우 말을 꺼냈어요.

“세뱃돈에서 구급차랑 병원이랑 엄마 수고비…….”

지민이 목소리가 점점 작아졌어요. 엄마가 지민이 어깨를 꼭 잡았어요.

“엄마 수고비는…….”

지민이는 침을 꼴깍 삼켰어요.

“0원이야. 없어.”

엄마가 지민이를 꼭 안았어요.

끄억, 끄윽. 갑자기 울음이 터졌어요. 어쩐지 지민이의 눈물이 쉽게 그칠 것 같지 않았어요.

집에 도착했어요. 토요일 오후였어요.

엄마는 잠깐 눕겠다고 했어요. 아빠는 일찍 퇴근하느라 밀린 일을 하러 회사에 갔고요.

지민이도 깜빡 졸다 깼어요. 엄마가 없는 거실이 낯설었어요. 조용히 걸어가 안방 문을 열었어요. 엄마는 아직 자고 있었어요. 엄마가 침대에 누워 있는 모습은 오랜만이었어요. 늘 밥을 하거나 청소를 하거나 아니면 지민이 방을 정리하거나, 아무튼 항상 뭔가를 하고

있었거든요.

"엄마."

지민이가 엄마를 흔들었어요.

"으……. 조금만 더……."

엄마가 이불을 뒤집어썼어요. 늘 지민이가 하던 행동을 엄마가 하니 이상했어요.

"엄마, 혹시 아파요?"

엄마가 힘겹게 눈을 떴어요.

"병원에 있는 동안 잠을 못 자서……. 조금만 더 잘게. 미안해."

엄마는 금방 다시 잠들어 버렸어요. 생각해 보니 지민이가 병원 침대에서 편하게 잘 때 엄마는 내내 소파에서 앉아서 잤어요. 수고비 한 푼 안 받고 몸살이 나도록 지민이를 보살폈던 거예요.

냉장고에는 아직 메모가 그대로 남아 있었어요. 지민이는 다시 한 번 읽어 봤어요. 그리고 다 떼어 내어서

쓰레기통에 깊이 넣었어요.

"휴."

지민이는 쌀을 꺼냈어요. 스마트폰으로 '죽 만드는 방법'을 검색했어요. 냄비에 쌀을 넣고 저어 주라고 적

혀 있었어요.

“앗, 뜨거!”

냄비에 닿아 큰일 날 뻔하기도 했어요. 어찌어찌 죽 같기도 하고 아닌 것 같기도 한 뭔가가 완성됐어요. 지민이는 엄마를 깨웠어요.

“엄마, 일어나요. 먹어야 힘이 나죠!”

“그거 내가 했던 말이랑 비슷하네?”

엄마와 지민이가 마주 보며 웃었어요.

“이거 진짜 네가 한 거야?”

“네!”

지민이가 씩씩하게 대답했어요. 엄마는 조금도 남기지 않고 다 먹었어요. 그리고 눈을 찡긋했죠.

“이건 얼마일까?”

“이것도 0원이에요!”

지민이가 엄마한테 와락 안겼어요.

지민이는 인정하기로 했어요. 세뱃돈 되찾기 프로젝트는 실패로 끝났다고요.

"세뱃돈으로 장난감을 사면 친구가 생길 줄 알았어요. 그런데 항상 더 좋은 물건을 사 오는 친구가 있었어요. 게다가 내 물건을 보고 다가온 아이들은 나한테는 관심이 없었어요."

엄마가 고개를 끄덕였어요.

"돈이 무엇이든 해결해 주는 건 아니라는 걸 네가 스스로 깨닫기를 바랐단다. 그래서 엄마가 일부러 그렇게 했지."

"엄마가 일한 돈 뺀 것도 그런 거예요?"

"그럼. 부모인 내가 널 돌보는 건 당연하지. 보살펴 주고 가르쳐 줘서 올바른 사람이 될 수 있게……."

지민이는 갑자기 눈물이 핑 돌았어요. 엄마가 화가 나서 그런다고 생각했거든요.

하지만 여전히 고민은 남아 있었어요.

"엄마, 친구와 다시 친해지려면 어떻게 해야 할까요?"

"음, 다시 친해지고 싶은 마음이 있어?"

지민이는 곰곰이 생각했어요. 유나와 깔깔거리던 기억, 집에 놀러 갔던 기억, 비밀을 속삭이던 간지러운 순간. 생각해 보면 유나가 항상 자랑만 했던 건 아니었어요. 지민이에게는 무엇이든 먼저 빌려줬어요.

또 유나와 싸운 이후에도 항상 유나를 살폈어요. 그리고 유나도 지민이를 봤어요. 두리번거리다 자주 눈이 마주쳤거든요. 분명 서로 같은 마음일 거예요.

"다시 친해지고 싶어요."

"그럼 솔직하게 말해. 지금처럼."

다음 날 학교에 갔을 때였어요.

"우아! 강지민 왔다!"

"지민아, 괜찮아?"

오랜만에 와서 그런지 아이들이 걱정해 줬어요. 지민이는 유나를 찾다가 또 서로 눈이 마주쳤어요. 말을 하려는 찰나 선생님이 들어왔어요.

"지민이가 건강하게 돌아와서 아주 기뻐요."

그리고 중요한 이야기를 했어요.

"그동안 비싼 물건을 가져와 빌려주거나 좋아하는 친구에게만 준 일이 있었던 거 알아요. 앞으로는 학교에 장난감, 간식 가져오는 거 금지입니다."

아이들이 아쉬워했어요. 하지만 지민이는 속이 후련

했어요. 이제 진짜 신경 쓸 필요가 없어요.

쉬는 시간, 지민이가 벌떡 일어났어요. 유나도 지민이 쪽으로 왔어요.

"이제 괜찮아?"

유나가 걱정스러운 목소리로 물었어요. 지민이는 그 말이 너무 좋아 폴짝 뛸 뻔했어요.

둘은 손을 잡고 계단으로 내려갔어요. 둘만의 아지트였던 곳이죠. 그동안 못한 이야기는 끝이 없었어요.

"미안해."

지민이가 먼저 말했어요. 유나가 고개를 숙였어요.

"내가 더 미안해. 사실 엄마가 직접 챙겨 주는 네가 부러웠어. 우리 엄마, 아빠는 너무 바빠서 용돈만 주시거든."

지민이는 문득 소풍이 떠올랐어요. 유나는 리본과 레이스, 작은 포크로 장식한 도시락을 민망해하며 꺼냈어요. 비싸게 주고 샀다고 했어요. 지민이는 유나의 도시락이 예뻐서 많이 집어먹었어요. 유나는 오히려 삐뚤빼뚤한 지민이의 김밥을 먹었고요.

"나는 새 물건이 많은 네가 부러웠어."

지민이도 말했어요.

진심을 꾹 눌러 담은 목소리였어요.

쉬는 시간이 끝났어요.
둘은 나란히 교실로
향했지요.

## 작가의 말

세뱃돈을 받아 본 적이 있나요? 적어도 한 번 이상은 세뱃돈을 받아 봤을 거예요. 그리고 혹시 엄마나 아빠에게 맡기지 않았나요? 저는 그런 경험이 있어요. '세뱃돈 되찾기 프로젝트'는 어린 시절 제 경험에서 시작했어요.

제가 이 책의 주인공 지민이와 비슷한 나이였던 어느 설날이었어요. 그날따라 친척 집 이곳저곳에 많이 들렀고 밤이 깊었어요. 낯설고 어린 얼굴들은 할 말 많은 어른들을 피해 방에 모였어요. 그러다 각자 받은 세뱃돈을 세었지요. 저는 작은 지갑을 꺼내 두 번 접은 돈을 폈어요. 바닥에 놓고 잘 눌렀어요. 조심히 틀리지 않게 한 장씩 세었죠. 내가 이만큼 많이 받았다고? 하고 떨렸어요. 웃기죠? 그래서 소중하게 지갑에 다시 접고 접어 넣었어요. 원래 돈은 많이 접으면 안 되는데 그것도 몰랐던 나이였어요.

누군가 자기가 받은 세뱃돈이 얼마인지 말했어요. 그러자 각자 받은 세뱃돈이 얼마인지 무엇을 할 계획인지 말했어요. 저도 말했어요. 얼마였는지는 잊었지만 그때 행복했던 감정은 남았어요. 집에 가고 싶은 마음도 사라졌어요. 어디서 그렇게 많이 받았냐며 우쭐하기도 하고 더 많이 받은 아이를 부러워하기도 했죠.

생각해 보면 돈은 그냥 종이일 뿐이에요. 빳빳한 종이에 위인이 그려져 있고 1과 수많은 0이 있어요. 아주 어릴 때는 돈의 의미를 몰랐어요. 하지만 자라면서 세뱃돈을 자꾸 가지고 싶었어요. 그 돈으로 할 수 있는 걸 상상하며 좋았던 거예요.

돈이 있으면 하고 싶은 걸 마음껏 할 수 있다고 생각했거든요. 그런데 정말 그럴까요? 싸운 친구 마음 돌리기, 베프 만들기를 다할 수 있을까요?

글쎄요. 그래서 이 책을 썼어요. 세뱃돈을 다 가지면 행복해질까 상상하면서요. 이 책 주인공 지민이는 다른 방법을 찾은 것 같아요. 여러분도 아마 각자의 방법이 있을 거예요. 세뱃돈으로 행복을 사고 싶다면, 없어도 살 수 있으니 방법을 찾아보세요.

해마다 돌아오는 설날, 세뱃돈을 받을 때마다 지민이를 기억해 주세요. 여러분의 행복 찾기를 응원합니다.

아직도 세뱃돈이 받고 싶은

작가 송선혜

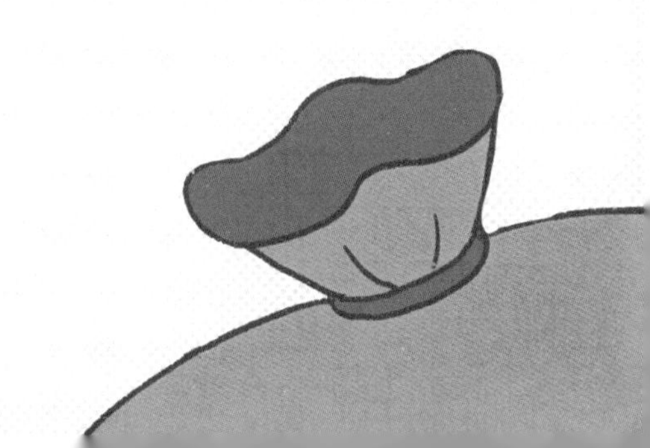